我們都是一隻魚，在生活裡飄流、溺水。

在自己僅存的空間裡，尋求慰藉。

詩 / 紀婉清

圖 / 劉玫羚

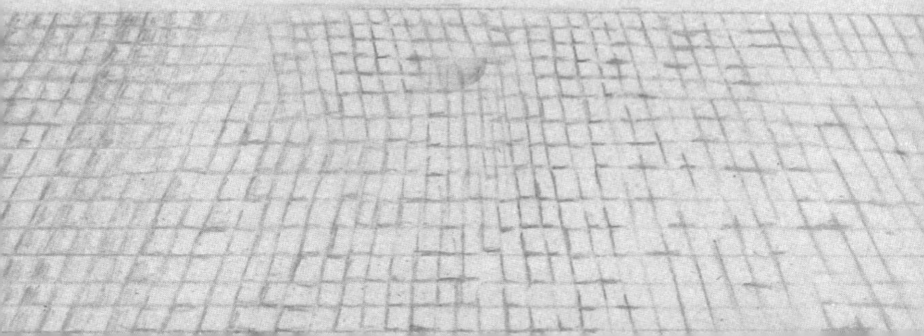

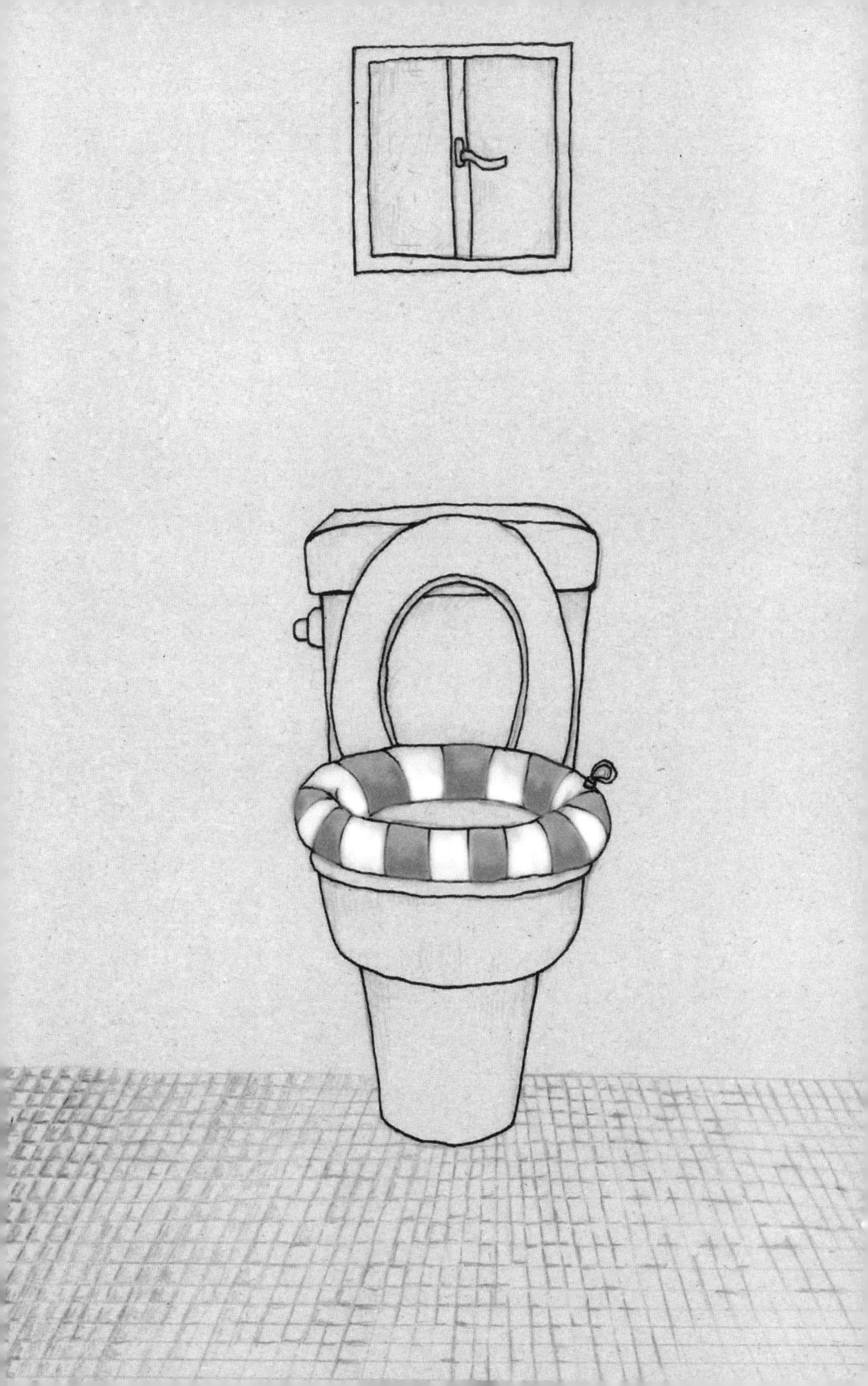

失序\詩序

這是一篇很難寫成的文字，對我而言如是艱困。裡面的點滴，均是在時間軌跡中的「失去」，正因為人生有各式各樣失去、正在失去、持續失去、累積失去的成果，而掉落的聲響，我以符號排列組合各樣的情，此刻的集結，也正式宣告：我將這些符號，隨風飄；順水流。

最終仍是，失去了。

關於「序體」，似乎也是一種「失序」，不過仍要感謝自大學起，一直縱容我各種任性，體諒寬容我不成熟的謝老大；還有許多朋友鼓勵我丟出去的決心，當然那個小白目梅羚，不知哪來勇氣的自告奮勇，均是促成的因緣。

關於符號，對我而言，或許是組合、是遊戲、或許更多的或許，是該留給你們去感受，說什麼都太多了。

婉清　于晚春時節

話說／畫說

玟羚　于鷺蟄之時

這次幫婉清設計詩集，但她什麼要求都沒有只有一個邀請，那就是與她「共同創作」這個作品，在這個毫無要求、限制的設計合作當中，我是這麼想的：

婉清一直都是一個很怪的老師，在學生眼中，她就像朋友一樣，會和你聊天、聽你的秘密、替你想告白失敗了以後應該怎麼樣、陪你玩線上遊戲然後催你上床但自己卻一整晚都沒睡——這樣的老師教給我什麼？她讓我們知道生命不一定完美，路也不會總是直的，總有需要轉彎，或者停下來的時候。

「那停下來的時候，老師都在想什麼呢？」

我試著揣摩每一首詩創作背後的心境，有時候椰榆作者，有時候扮演作者的角色自言自語，而完整的過程就像是對話一般，有時候熱烈，但也存在空白無語的片刻。

煎熬

於是我還是望著
長夜漫漫
蛇與蛇的舞影
纏繞　流光交織
白牆之外
滾落的每一顆顫動
極速的擁吻微弱的光
飢渴的獸在遠方嘶吼
因此　我還是盼著
長日落幕
將一切喧嘩拋棄
描繪　以白色的彩筆
揮灑斑白
滴成恣意的水墨花
醮上左側內緩慢流出的血

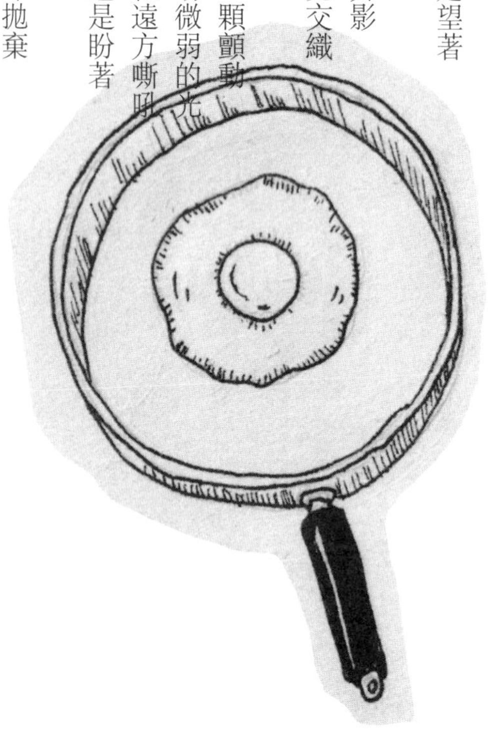

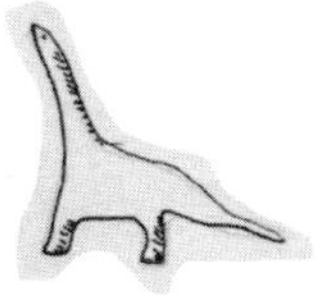

一朵紅色的玫瑰正盛開
且將凋零在荊棘裡

我們可不可以簡單的吃一個煎蛋就好？

我們可不可以簡單的吃一個煎蛋就好？

我們可不可以簡單的吃一個煎蛋就好？

我們可不可以簡單的吃一個煎蛋就好？

我們可不可以簡單的吃一個煎蛋就好？

我們可不可以簡單的吃一個煎蛋就好？

海與浪的奏鳴曲

最終還是坐在背景裡
波動的韻律與突來的衝擊
無須閃躲
黯淡的夜色沉浸在星光裡
流動的音符來自深海
是帶酒的微醺，今夜
流月敲響了一頃汪洋
岸邊的灰階，豪飲空寂的浪
無須收拾的狼藉
遙望，月光，波光
冷冷的空氣與風伴奏
關於遙遠的傳說
如是漫自流洩旋律
像極了落入海中的空氣
流竄在瞬息的容顏

海洋始終彈奏自身
總是如此
月光彈奏著海洋
海洋彈奏著波浪
波浪彈奏著沙灘
沙灘彈奏著歲月
歲月彈奏著星子
星子彈奏著月光

總是如此
潮汐的漲退
在日復一日的岩岸
風化成一座巨大的圖像
撞擊，無聲
彈奏的曲調不變
琴弦在深海獨自搖曳
拉扯著一切來去
然而來去的
終將坐在一幕泛黃的背景裡

遺忘海岸

淚水終於也選擇離開了
在一個黑潮洶湧的海岸
我擁著我的沉默，坐著
遠方的波浪漸行漸遠；並行而攜手
漸行漸遠；愛戀而消退，寂靜而沉落
不免思索愛情與時間的競逐
像一段永難追悔的冬日
此刻，風雨正包圍港口，
記憶正佔領著心頭。曾經於斯
我們坐成了堅定的山水，竟亦坐成
遠颺的風浪。然而，身為魚族是幸福的
魚不會流淚。而離開是必須的
夢想在礁岩擊碎，失落建構成冰山

無須以結實的理由對峙我巨大的軟弱
無須用閃爍的言辭推敲我思緒的紛騰
關於盟誓，無須援引任何的象徵
燈塔驅趕晦暗，當航艦撥開黑潮
尾隨的記憶都已散落無痕
航針向北，我已準備出發
試著遠離，這多風多雨多記憶的港都
只有海水與眼底的深沈相同
在一個黑潮洶湧的海岸
淚水最終也離開了

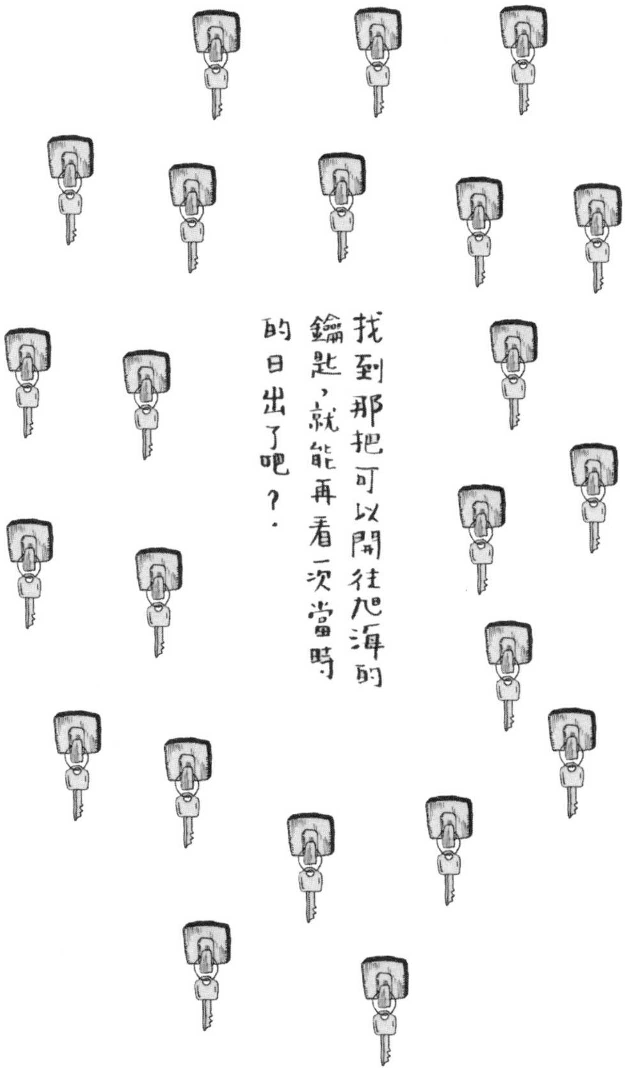
找到那把可以開往旭海的
鑰匙，就能再看一次當時
的日出了吧？。

無言歌

這是我最後一次喚你
決定不再縱容自己
許以喃喃敘說
想你此刻穿過人群
華燈初上的車流
我在深海懸吊
千篇一律的旋律
你經過第二道紅燈
街口的轉角處
正停佇成一句詠嘆
整個城市紅燈的遲疑
人潮壅塞摩擦著沉寂
我想為你彈奏一首旋律
深海的鋼琴緩洩
一頃霓虹的婆娑

這是我最後一次喚你
當綠燈亮起時
隨著車流
竄入
　你夢底

你聽見了嗎？

板凳

就這樣箕踞著的那下午
陽光的陰影與風的節奏
突然 失去協調
枝頭上的縫隙 跌落一身
漠然 保持緘默的
那一個
永遠的背對
關於前方 只是
眨眼一際
一道緩慢拂過眉睫的
向晚

黑白電視

那
一
天
雨跟著液晶體
出
走

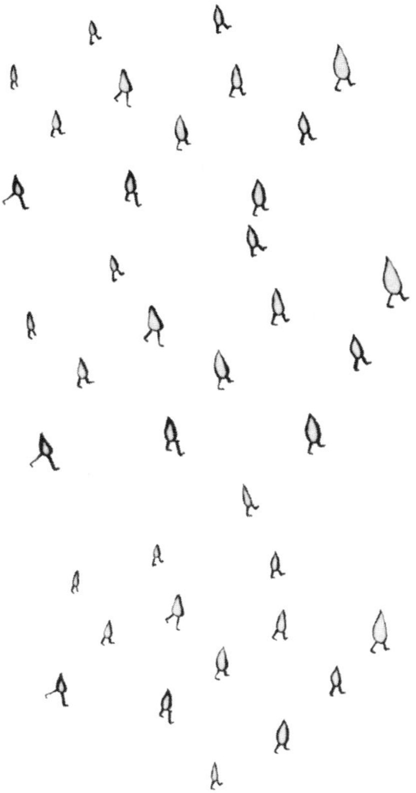

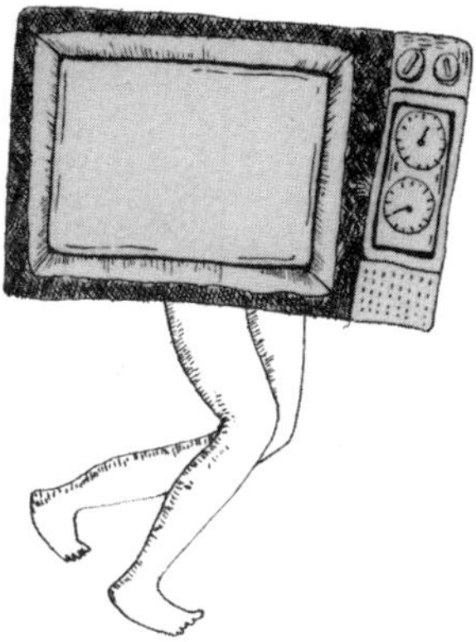

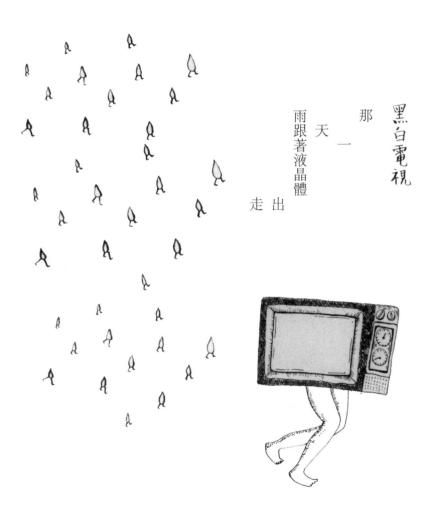

鍵

敲下最後一聲
長　嘆
！便帶著？
出　走
笨貓悄然一躍
在黑白的世界中
揭開一道裂痕
劃破城市天際線
狠狠撕出
雷電
　交加

黃昏鹽田

淡漠的田悠閒的躺臥在西濱公路
像是彩色的童年恍然鋪列在你眼底的空虛
悲傷快樂的心情像一盒易點即逝的火材
荒廢久遠的鹽田，在那習慣擁擠的地面
顯得太過龐大。不再不再不再不再……
不再的豈只是那一方鹽田的落寞
只有苔深的淺水與草蔓的沼澤
只有從炎日到黃昏，滴成一顆結晶的淚
滲入鹽田，那一滴結晶的淚
一畝一畝，一畝一畝，串流
淚光蔓延成火紅鹽田，此刻的天光
感傷得好似說一則過時的傳奇

如果你要離去

如果你要離去
你要離去
請把血漬的山茶
輕放睡夢的枕畔
幽遠的那夢
吟唱

如果你要離去
你將離去
別再留下宿醉的
釀缸裡的發酵音符
繽紛色彩該
無聲

如果你要離去
你已離去
那扇對外的窗戶
不再是風景的話框
在風霜雪雨過後
櫻花將於風起的時候
甦醒

四季

請容我再說一次
雨中的櫻花
我愛你　愛你
盛開在繁花京都的
凋零姿態

燃燒的鳳凰啊鳳凰
你的餘燼
灼燙了我沉落又
沉落的心
說不出的沉默

於是只好拾起枯黃
的那一片葉
輕輕的一捏

便散入風中飛揚
一串遠方的音符

歌聲不來
雪卻悄悄的落下
不待的那一剪梅
兀自炫爛染上
炙熱的血

可不可以可不可以聽我說
那無須收藏的秘密

我在換季的時候，
把一點祕密裝進衣櫥裡。

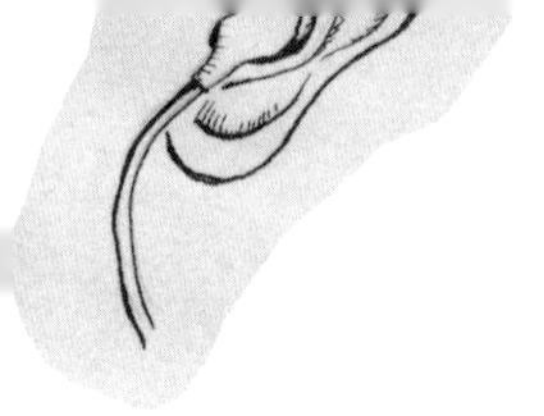
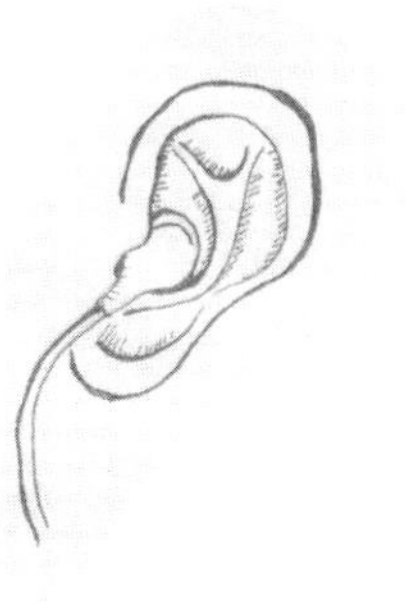

井

來自地底的凝視
陌生的你在一頃浮光
隱耀中跳躍
那斑駁的石傳來
瑣碎的細語，訴說著
等在季節裡的痕跡
輕嘆微微，瞬間落入
啪啦　啪啦的一圈，一圈
漣漪　似泛黃相片
蔓延　擴散的年輪
請許我　以繩索
探問　波動的容顏
深深拉起過往
串起破碎的消息
掬一杓泛黃的水

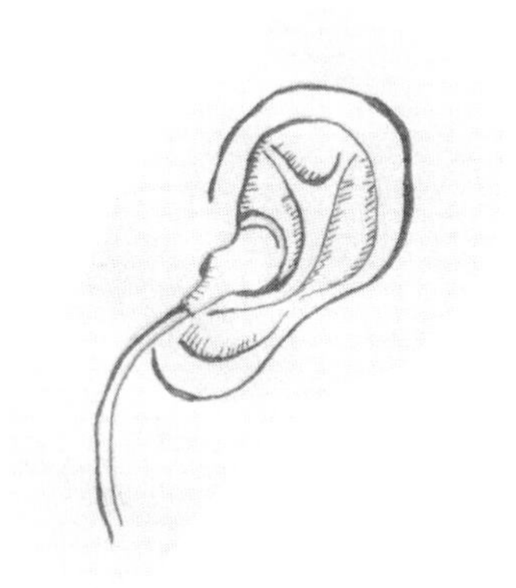

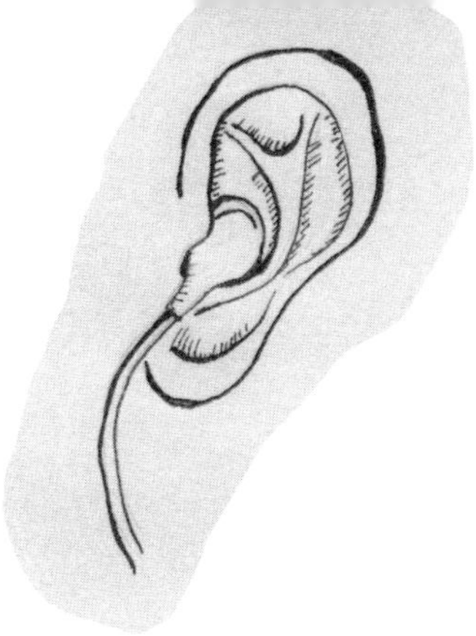

窺入心底的不是
深邃的過往炫麗
而是憔悴了的我的
心，與那一口井中
不復的
凝視

聽音樂的時候，
那口井又出現了。

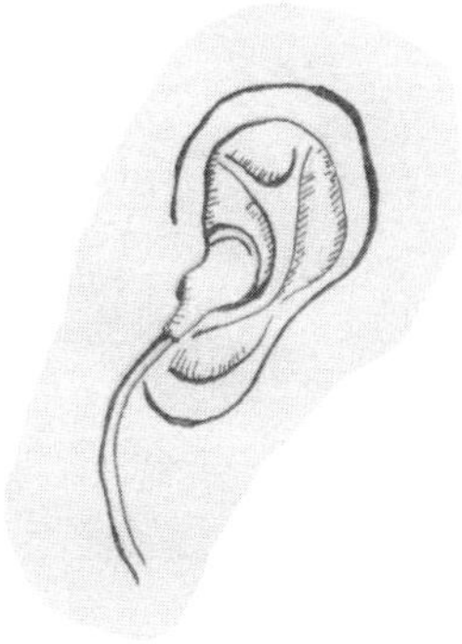

末日英雄

曾經是氣宇軒昂的遊子，而今
在一根枴杖中踟躕，顛簸
半生的風雨霜露
誰仍記得過往雲煙
巷口的學子嘻笑喧嘩
黃昏矮成一條沉默的長巷

那大江南北的馬蹄，仍在
每個深夜的夢裡復活
佇立的路燈照著影子
寂靜的疲憊在風中搖曳
除非，不再夢醒
回到那最初的生命
化作那不斷燃燒的
裊裊餘燼

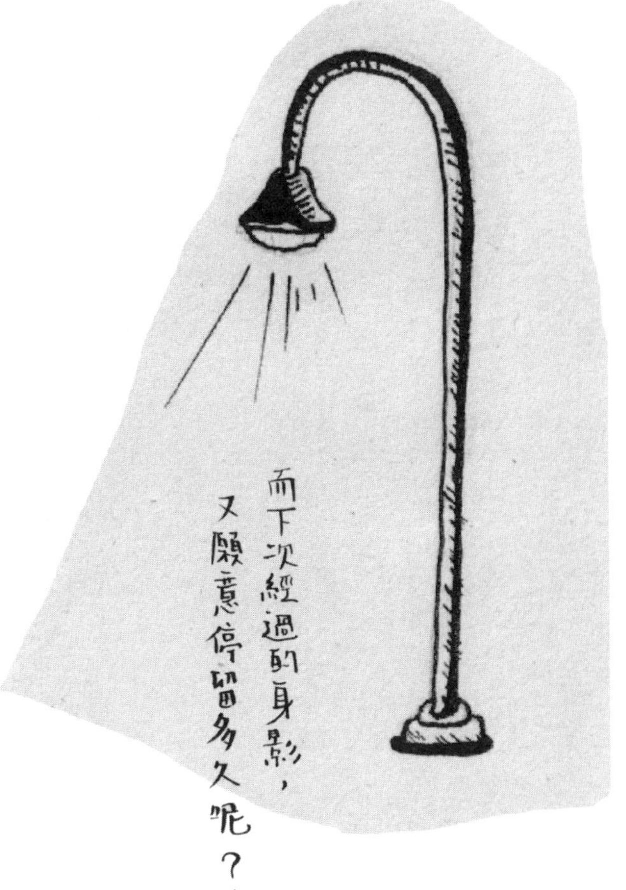
而下次經過的身影，
又願意停留多久呢？

我的記憶

我的夜晚是紅色血液釀的
遠處的海浪拍打杯緣的沉寂

紅色血液是孤獨釀的
牆上的影子泅浮著月光清冷
我的記憶

孤獨是時間釀的
霜雪風冷在歲月雕刻畫像
我的記憶

時間是海洋釀的
白色的泡沫與灰藍翩翩起舞
我的記憶

海洋是魚的眼淚釀的
在寂藍深海處醃漬善於波動的心

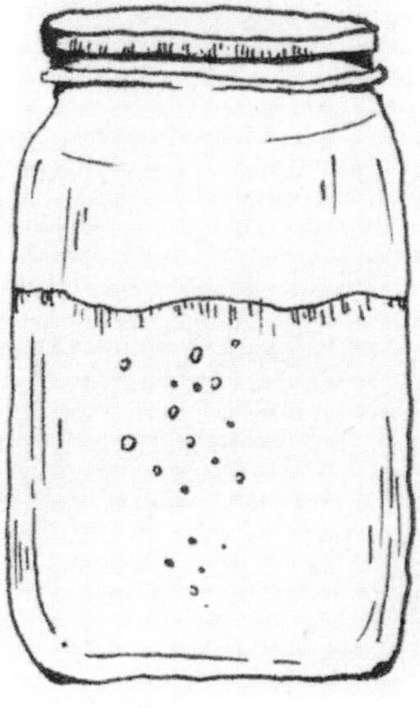

可是記憶放久了，
是不是也會過期？

沉默十四行

像落葉抗拒不了地心
逝去的風景只能在街角嘆息
還剩下些什麼　當風起時
樹隻上攀緊的葉柄凝望
大地上早已乾枯的身影
於是雨滴無聲滑落
紛紛墜下　終究擋不住時光

蠶食的侵襲　落入枯黃的排序
那等在光影下的果實
與之俱生的泥濘
如果歲月是一棵風中的樹
那麼在每一個告別式裡
無法追憶的是年輪的印記
揮別的是永不止息的凋零

隨便說說

總是這樣
你是一首詩
於是我便成了詩中的
繁瑣謎語
文字在風來襲時零碎的
拼不出甜蜜的詩意

他們於是隨便說說
我是那池畔自顧影像的
水仙　那在山中呼喊的
女神　仍然在人海中迴蕩
再也激不起任何一聲話語
凝視不到水中的模樣

我只好隨便說說
這是我的宿命
我是那黑夜中燃燒的燭光
用血來迅速揮發
再也無法分辨誰的影子
拉成一道決裂

因為總是隨便說說
直至有一天浪濤帶走風霜
我再也無法說出一句真言

始終仍舊在

光影始終在那盤旋
只有，透明的雲層
在大地不斷變化
因此我們待在這裡任時間穿越
以一種沉思的狀態，不變的
只是雲彩與光影，婆娑起舞
在各自身體恣意探索
樹葉自繁枝間墜落
沙子從海的另一端靠岸
再也不能守住時間的身影
只是，陽光
偽裝我一身難以遏止的
熾熱

讀詩有感

此刻的我
揣摩一個死者的
靈魂，用他的眼來
觀看世界，以及
我們肉眼所及
心版的刻痕
竟如此深沉而
迷濛

生命

春天的嫩葉最是
脆弱的清新　一切
都隨之開始　也將
因風飄逝　在瞬間
切斷自身安然的連繫
狂奔光與影的遊戲
怎懂？那短暫的
致命飛舞　竟是
費盡芳華的
凋
零。

春祭

把你祭給了春雨
稜峭的歲月裡有
不經意的寧靜
從此而後，我更加模糊
模糊的微笑，接受，拒絕
不踰矩，不踰矩，不踰矩
小心應對，不經心的丟棄
走過寒冷的春雨
我，選擇不
在。

答案

倘若你的生命已走到璀紅
的夕陽，想像在那一抹餘燼中
用你的筆能畫出什麼
用我的手可否闔上你的眼
你以一慣蒼白的靜默回答
生命之輕盈，沁入掌心沁入心海
歡笑落盡，哭泣亦是徒然
始終海洋的水並不屬於溫暖
浪潮在洗淨你軀殼之後
兀自退去。兀自退去
是誰？抽離你年輕善感的靈魂
化作一縷一縷浪潮
白色的泡沫裡有你

灰色的陰鬱中有誰
我在一方遠眺思索
來不及追問的答案
人魚也是有等待
化為一隻白鷗或一頃泡沫？
我的疑惑將一如你漂泊的形軀
在寂藍深海，我們等待生命的是
一個起點，還是終點？

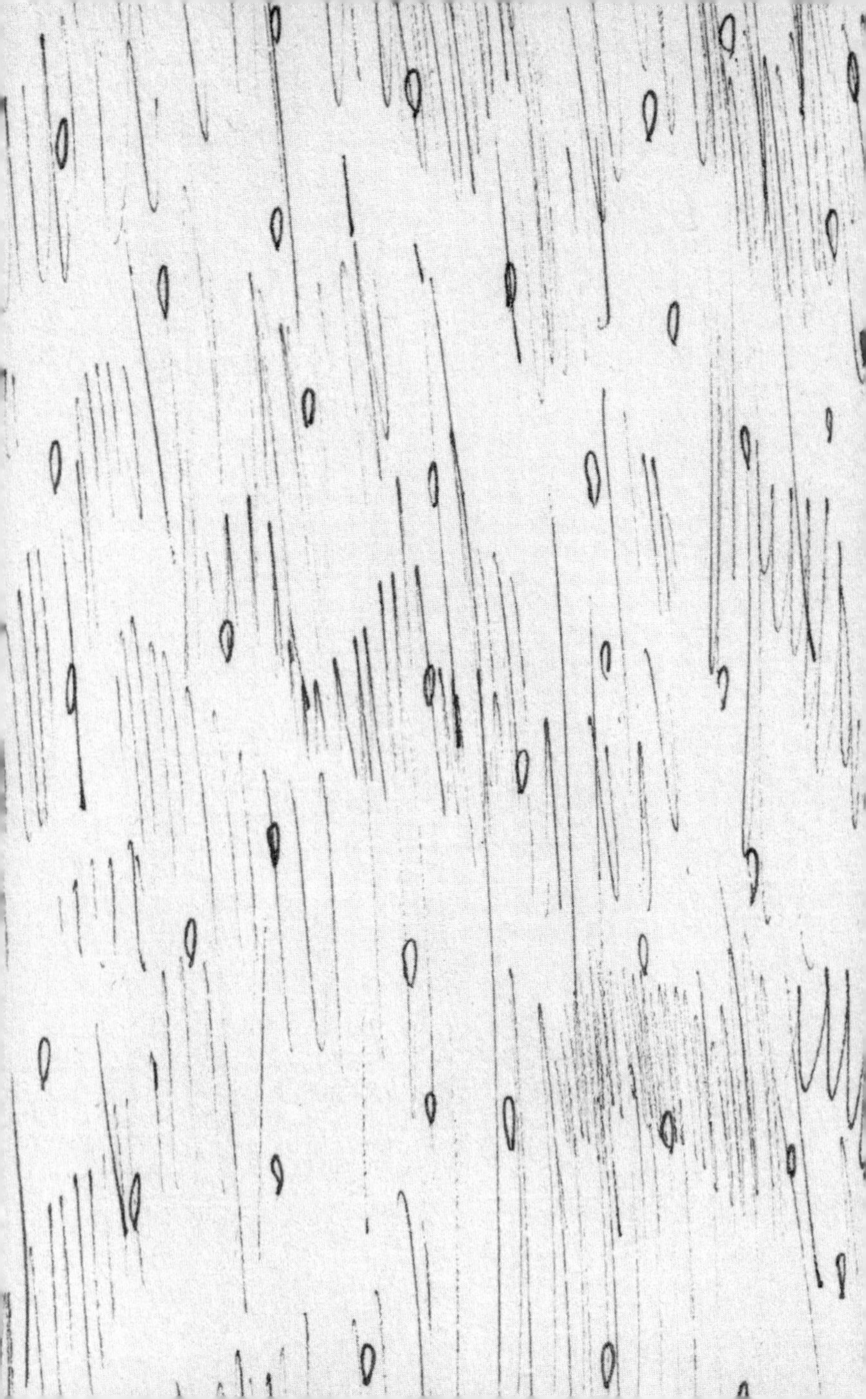

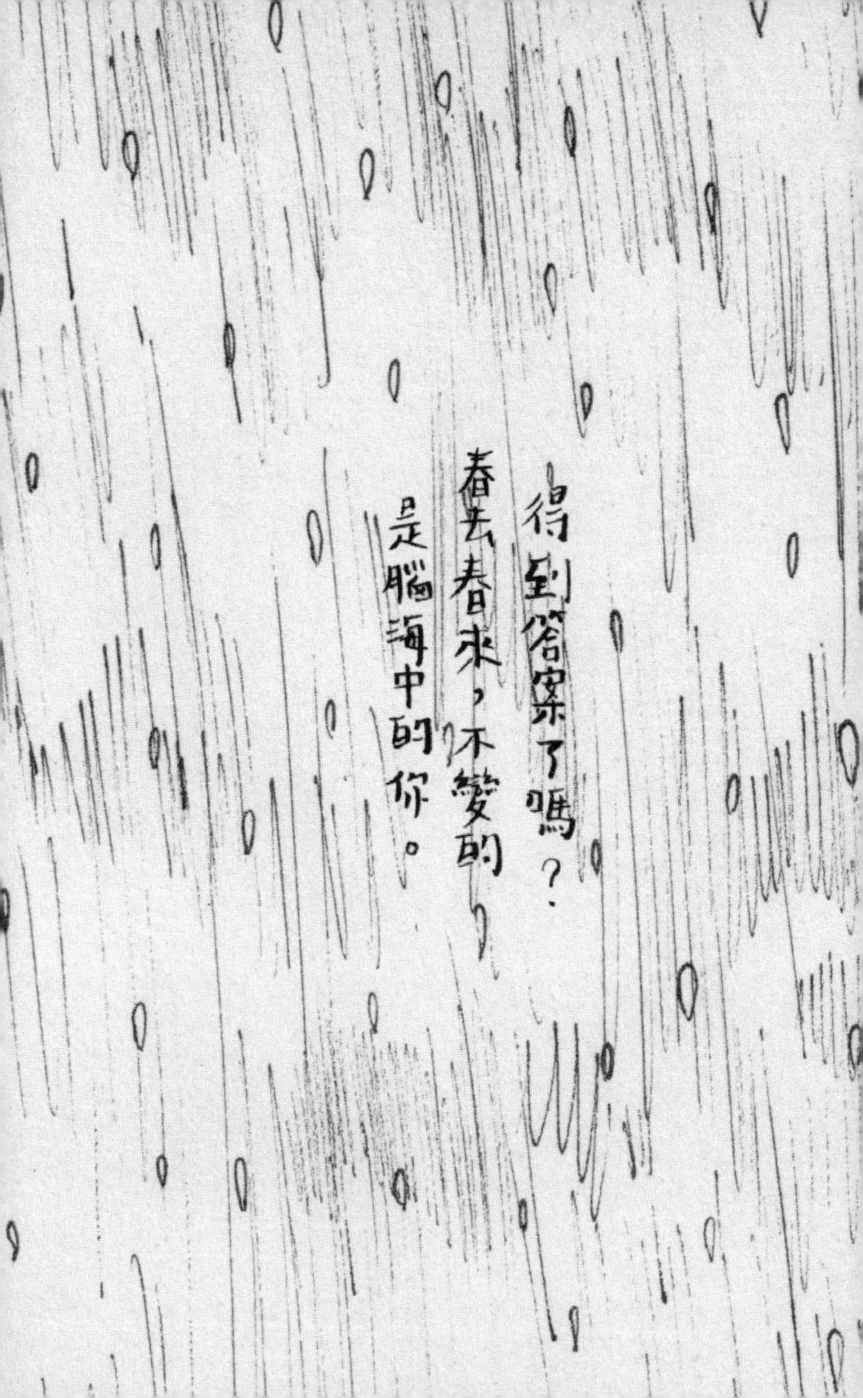
得到答案了嗎？
春去春來，不變的
是腦海中的你。

寫這樣的詩給你

窗外微冷的午后，陽光在妳髮舞動
世界沉默氣息濃郁
紙張特有的香芬瀰漫開
和妳手中的筆在風中飛馳

鴿子在天空以滑水姿態悠遊
妳的身影摻上西風的光線
麻雀在黃昏唱滿城市天際線
聲音落下亦是滿地金黃音符

眼神流轉間灑上晶采
夜幕低垂化成滿天星子
無垠的璀璨在妳淡淡的笑容

所以我想寫這樣的詩給妳
在微冷的靜謐冬日裡
時光從容不迫走過妳眉睫
流過那溫柔撫觸，散滿蒼穹

醉

每夜酒偷偷敲醒我的夢境
醞釀著不可觸的幽靈
我於是默立自我前方
以淚滴譜成旋律，伴以
星星的節奏，一千零一
故事如音符流洩，因此

每夜酒灌溉我以寂
夢如絲線穿梭，那
訴不盡的滔滔絮語，喧嘩
聽見一千零一聲，碎裂
鏗鏘如血滴的墜落，撞擊
心口承接著濃烈酒液醃漬

於是酒神每夜打開我的夢境
將自我複印成一道游離的影

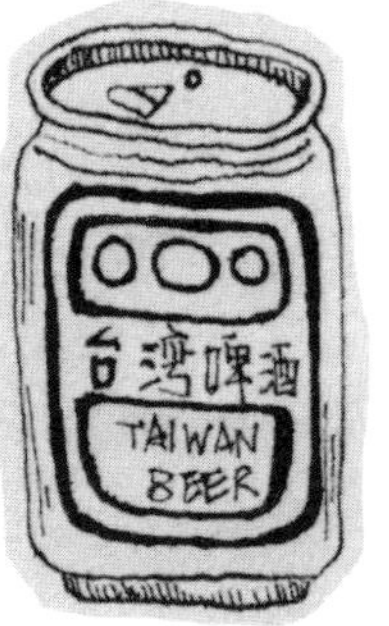

今天喝什麼？

離別

洛陽城東西，常作經時別；
昔去雪如花，今來花似雪。（齊梁 范雲）

一直以為那是夕陽的故鄉
然而，傳說並非僅是這樣
舊河堤畔，蓊鬱的老榕
古樸紅磚，訴說著時序
晨昏潮汐，篩灑著人聲喧嘩
沿岸狹道，我們並肩漫步
步入，滿天星光傾聽夜語
夜語低迴，預言未知的悲傷
遠方燈火闌珊，初秋
夜涼如水，無心的魚兒探出

震動了波潮的韻律
抖落的點點滴滴
融入無涯的迴旋
誤闖的不速之客，終歸
註定趨離這如夢之境
好夢易醒，恍似必然
撕扯著我的靈魂
飄飄渺渺，留不住的是記憶
似曾齊笑語，陡然輕別離
恍如執子手，今朝已離去
揮淚去，生離豈是說說而已

那年別時，每顆眼淚都是你
今來憶時，每個你都是眼淚

紅鞋

離家的那天 在巷口的暈黃中
遺落一隻紅鞋彷彿
遺失一座城市 霓虹
不斷奔跑 在黑暗擁抱的公路
微弱的光影 舞動著一樹梧桐
滿地的落葉 踏著自身的影子
交交疊疊 重重復復
飛馳在失落一隻紅鞋的足
拎起另一隻紅鞋 繼續著
下一個逃離的城市荒野

七夕

遙遠的星球加速奔馳
劃過夜空　殞落
夏末空氣中的悶　蔓延
歲歲 月月 日日 年年 加溫
加溫再加溫　縱使如此
寒冷的風雪　仍即將來臨
空氣中凝結點　肆虐
季節雨不曾告知答案
就好像這世界正過著夏天
冬天的存在　便無庸置疑
何以北極望著南極　總相似卻相背
那一顆顆殞落的 流星
承載著亙古以來的　願

不斷以燦爛的姿容飛過
灑落沈默的心聲
氾濫銀河

生存

那個不再發聲的音樂盒
發條鏽蝕著旋轉女孩
打開又關上
關上又打開之後
完全解體

失眠的理由

我想，在我的血液裡
有著撒旦的魂
過度的愛是種殘酷
愛世人，以鮮血以肉身
人，於是沒了自己
只是，一個又一個的影
所以需要在白晝的光影下
活
動
太微弱的光令人恐懼
看不見自己
因此繁星閃亮的夜晚
儘管美麗

人們的時鐘
選擇
沉
睡

街頭

擁擠的街道 逆流而行
相同的臉孔 相同的空白
昨夜的那一場風雨
彷如一場夢
佇立
思忖 回頭
就這麼 過了一世紀之久
還是 邁步
那一切 就讓它迎面而過
就像 街上的風景
都只是風景

我不懂

塵埃怎會在陽光中飛舞
瞬間無聲飄落
等待下一次翻揚
夏日午后的咖啡店
人聲喧騰成黑白膠片
冷氣總寒涼得如此廉價
我想 我不懂
時光如何寂靜穿過
無法計量的長度 空白
身後的影悄悄爬上牆
巷尾的那條老黃狗
眼神 總看向不知名的遠方
天空的盡頭之外是一片藍

所以 我不懂
流行歌曲中不變調的心慌
情歌 總秤不出重量
嘶喊的盡頭不一定有方向
超速的深夜 死亡
在一本書中無限寬廣
眨眼之間 光陰
在資源回收筒中聚集消散
我不懂我不懂我不懂
而 或許 我想
你也不懂

魔鬼情詩

然而還是輕輕的流走了
在魔鬼的歌聲中

炙紅的焰火燃燒
是明亮的眼睛

剎那間紛紛墜落
溫暖的懷抱

拿什麼來信仰
這詭異的人生

鯨豚

有人說 風的去向
是那一年鯨豚擱淺的海岸
風 是否也擱淺了
如果風擱淺 該以何種樣貌出現
呈現 表態 掙扎 逃脫
只是那一年的鯨豚
清晰的足跡仍印在沙灘
蜿蜒 流轉 迴旋 擺蕩
多麼猙獰的美麗
來不喘下最後一口氣
鯨豚發出最底的悲歌

但是眼睛閉上，
你卻又出現了。

思念

你不住這我知道
天際淺淺的銀
華麗灑落一地 清脆
習慣黑暗，一夕間
讓光停留在窗外
那麼，空白的牆
就不會鎖住，我的影
在你住的那一彎月下
就可以
入眠。

回首

初起的青澀稚嫩
著實無力抵抗
料峭春寒
罷了
縱使寒風凜冽
月光仍然溫柔灑下
罷了
告別那溫柔的港灣
層層綑綁
徹底禁錮
怎受得住皓白清冷
在夜與夜的交際中
雨無聲滴落
打擺

秋風

落葉隻字片語
當秋意變得木訥
風瞬間蕭瑟
如果有階
此刻我將因風的緣故
在生命的扉頁上
寫下我的思
可曾發覺啊
躺在風的懷裡
滿身都是吟誦不盡的 短調
縱使秋風總是蕭瑟的
卻也輕拂著那古老的 羞赧

就這樣
風馳進夕顏
風奔進荒野
風悄悄走入水波
縱使秋風仍是蕭瑟的

放生

一剎那可能成為永遠
一剎那可能改變永遠
我不知道還可以說什麼
在這秋葉滿地的黃昏裡
枯枝屈成一座雕像
曾經的青澀與紅艷
寒鴉驚起一池明鏡
飛走了 飛走了 飛走了
飛走的豈止歲月裡的容顏
還有那隨風遠颺的絮
要走了 是走了 就走了
能說什麼 除了沉默

在這秋葉滿地的黃昏裡
我不知道還可以說什麼
除了一抹的餘暉與新上的月芽
一剎那是永遠 一剎那是寂滅
亙古的是遙遠的傳說
瞬息的是人間的停格

存在

我不在這裡
轉角的磚牆拖著
長長的影子
我，在那裡
嘗試不斷，跨越，
跨越跨越跨越，
轉角的磚牆。拖著
長長的的影子
我在不在
那裡

剪影

縱然是有月的夜
季節仍不肯烘乾
你等在遙遠的彼端
向薛西佛斯奪下巨石
滾動的是一再輾斃的心
點燃第三十三根蠟燭
你說哭泣不再有淚
牆上堆滿破碎的魂
你說那來點雨
如果沒人為你唱這首歌
那是因為誰也找不出
靈魂旋轉的音階
天橋上積滿陰鬱的水漬

空氣在一根火材中窒息
你說是那街腳的路燈
卻不曾有人經過那巷口
昨日不曾停息的神話
仍會在你今夜的夢中甦醒
而你且讓那影留在牆上
因為你說喜歡黑暗

流浪垃圾桶

當太陽刺痛天空那一日
清道夫學習螞蟻尋覓
酣睡的城市一如往常
繼續演奏迴旋曲
天橋上有昨日的水漬
一攤一攤的開出
玻璃色彩的花
一片落葉正緩緩墜落
在光與風的協奏曲下
即將親吻地上的樹影
螞蟻總是敏銳的
形成同一方向的前進
擁擠的沉默發出高分貝音量

在那一方樹影婆娑中
風帶著落葉旅行
光在樹葉間嬉戲
裝滿昨日的垃圾桶
決定去流浪

髒話

寫了一半的
停在愛的未完成
在地震來時
偷偷的親吻
三下

自烹

橙紅的下午，就著
蹲坐的影，沒入黑暗
以刀劃下最後璀璨
散成點點霓虹，鍋上
悶煮著，剛取下的
心，佐配以肝腸
聽見，下一刀落入
右半邊的身軀，清蒸著
我的腦

河

當我靜靜躺下
你輕聲的唱
那永恆的旋律
細細悠揚

當我緩緩躺下
你眼神的光
在我心中
換成了星光

當我輕輕躺下
你楊起的笑
在我的去向

洶湧成波濤
是你的眼
在黑暗中流動
是你的歌聲
在時光中吟唱
是你的微笑
在血脈裡鼓動

當我靜靜躺下

當我靜靜躺下
看見　星光
聽見　時間
等到　希望
當我靜靜躺下
　當我靜靜躺下
那永恆出現在你眼中

出走

帶雨的火焰，是天邊一朵
流連不去的雲
遠颺的微風，勾住最後一抹微笑
就這樣等著，等著時間踏過
每一步都成灰燼的
太陽帶著
光影
出
走

不可靠的悲傷該質疑的快樂

像思樂冰的的膨脹，我們在不斷
不斷的流逝，關於水的形態，
以特價的銅板，販賣涔涔汗水，
滋養情緒的泡泡，冒著色彩的斑駁。
夏天染紅了滿城木棉，燃燒灼熱，
灼熱蒸發昨日的夢，再舞動明日的
滿天飛絮，關於季節的腳步，
等待成一杯暗淡的咖啡。冰鎮著
覆雪的冰霜，我的悲傷不可靠，
我的快樂該質疑，如果下場雨，
混在泥塵的願望，彷若生命必經的困頓
風總在午後啓程，陽光跟隨夏天，
木棉的狂妄，典藏著核與絮的堅實

燃盡夏天之後，綠色的芽漸漸的
漸漸的在宿雨過後，以綠色的姿態
佔滿街頭的行道，而風？
風總是擅於變更方向，在拍動的羽翅下
隱藏，用力呼吸堅硬的空氣，
肺葉疲憊的拍動，拍動憂傷的氣體，
就像一杯虛偽的思樂冰，努力脹滿。
努力吸進再努力吸進，空洞的氣息，
心臟因失血過多，缺乏韻律的推進
推進鏽蝕的冷凍庫收藏。

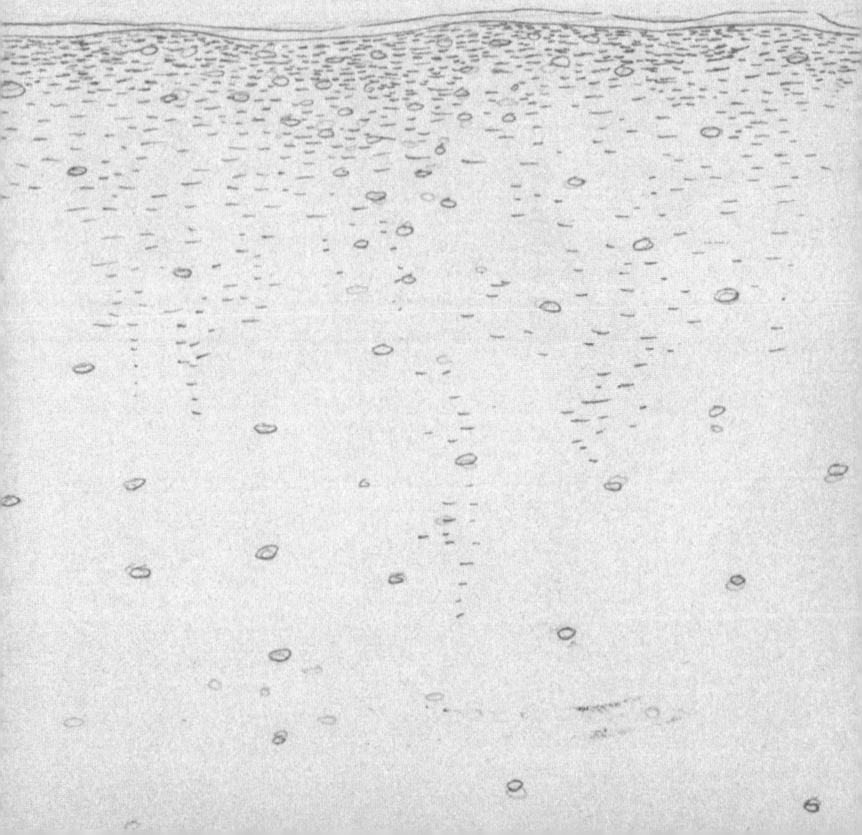

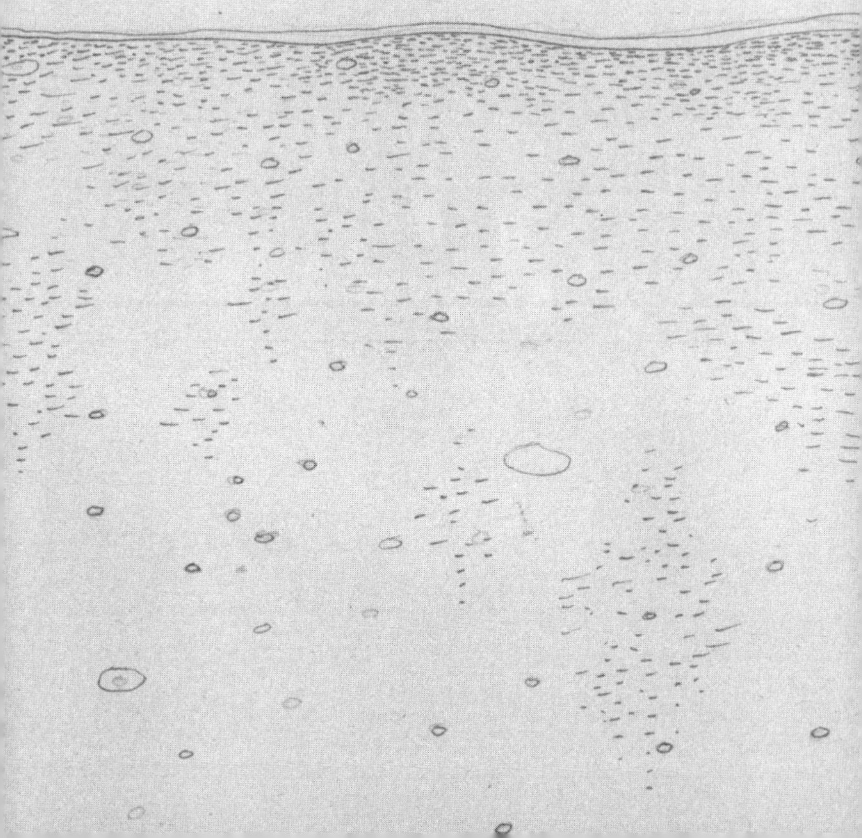

陌生

如果落葉無法翻揚，也無須再去
拾起，拾起忍痛撒下的種子，
種子名喚遺忘，與荒蔓的記憶
相較生長的速度，靜待兩行轟炸的
熱度液體，醃漬各自的人生。
然而疲憊只是，一張寫滿符號的
歎息。在寂靜已久的午後
竄入鏽蝕的血脈，退去葉綠素後
無法照顧的悲涼心思，曾經在一個
浮光掠影的似海藍天，輕輕的交錯
然後，相互背著手走向鐵軌的兩方
無非是陌生軌道偶遇的一滴淚。

窗

在心的上方，夜上窗
星光越來越黯淡，明月掛著，
掛著記憶與想像，悄悄棲息。
寂靜突然吹起，那天下午的
微風，撥動如髮的細葉。
往事怕再也無法拼奏，在書中
靜靜死去的時光，從第一字
至最後一字之間，是急馳車後
的一道盤根錯節的風景。

落葉

眼神總不自覺凝望著，凝望著
飄過的浮雲，浮雲不解地心的宿命
遠方沙沙響起的蟲鳴，更遠方沙沙的
向我們圍攏過來，誰幫我們開一扇窗？
風乾我昂首的探望，因為風的緣故
觸手可及的天空，在眼前。
長得似一世紀；短的像一陣煙
一縷縷，一陣陣隨風在心的上方
以枯槁的清脆，飛向有你的方向。

每覽昔人興感之由，若合一契；未嘗不臨文嗟悼，不能喻之於懷。固知一死生為虛誕，齊彭殤為妄作。後之視今，亦猶今之視昔，悲夫！故列敘時人，錄其所述，雖世殊事異，所以興懷，其致一也。後之覽者，亦將有感於斯文。

——王羲之《蘭亭集序》

隨風

還可清晰聽見，那不知名的曲調
臨河幽幽的走來，晨曦的光影舞動
城市的節奏，打自江南的步調
傳誦了街頭巷尾的路燈，路燈一盞
一盞滅了佇立，是還有一點深藍的黑
不急著甦醒，我說：不急。
清道夫卻趕著清空昨日，昨日該回收
丟進垃圾場，或者焚化成抗議的聲浪。
風起時提醒帶著昨日的垃圾桶，去流浪
流浪成一曲河，躺著幽幽的讓風吹皺，
皺了歲月的滄桑，揉碎關於明日的傳說。

浩劫

如果有那麼一顆藍星，我會試著
試著去追尋，然而那只是灰坑四溢
的一個枯寂星球。

如果有那麼一片藍天，我會狂奔
狂奔的前進，然而那只是無雲湛藍
逼迫的令人窒息。

如果有那麼一條深邃，我會放開
放開所有的，然而那只是存在夢裡
不是每次都會夢醒。

在每一次狂浪來襲，不是都可以屹立
儘管是經年的風化，也將摧殘。

the moment

如果，你正翻閱
那一刻緩緩流瀉
就像，正穿越鬧區
衣著鮮亮的女子
擦肩而過的人
或者是，行道路旁
慵懶小黃狗。
誰說，要與那朵花比較
黃昏的長短，
朝日的片刻。
如果，你正翻閱
那個字
在一眼瞬間
你該想起。

我們的愛在瘟疫裡蔓延

地下水道的那一頭
蠕蠕掙扎的是陰暗的曾經
過於慌張的老鼠，總是
猥猥瑣瑣的張望
哪一個出口傳來食物的訊息
親愛的，我們的愛
在瘟疫中蔓延

遠方傳來的戰火
填不滿過於飽食的胃
總是在吐過又吐之後
才將那一小勺米水傳遞，烽煙
是最炫爛的煙火
親愛的，我們的愛
在瘟疫中蔓延

在遙遠的荒漠，月光
是一首過於奢侈的詩
熙來攘往的百貨公司
人群總是陰暗的背景，誰會
記得那些彩色的天空
親愛的，我們的愛
在瘟疫中蔓延

那些陰暗成就那些光的存在
如果，我是說，如果
解開左胸膛上的第三顆鈕釦
親愛的，我們的愛
蔓延成瘟疫

所謂的

那些
傳說中的旋律
比煙花短
比記憶長
比千里孤墳寂靜

我們都是一隻魚

或許遺忘紮了根，錯節在
初生時的那一條，臍帶。
在海水包裹的原始，呼吸一口
哭泣的滋味，打了個結，
宣告你就此上路。

眼淚的滋味是熟悉的記憶
帶著前世的眷戀與安慰
流浪是必需的盥洗用具
在一次一次的甦醒之後

或許記憶放了線，切斷了
牽繫那一頃深寂，波蕩。
在空氣中汲取生命，輕嘆一口
傷痛的感覺，剪斷了線，
宣告你就此完結。

?

曾經的閃耀繼續發光
而我，風雨的歸程
如同一場未及的迴游，
卻已是港都夜雨的夢底。

七夕晚安

是該來場大雨，或者讓殘月繼續掛著
掛成一輪勾，垂釣著我的無眠。
那該從什麼時候說起？在無法追訴的傳說
織女以淚勾勒出每夜的灰藍，讓放牛的
繼續在遙遠吹奏一曲陽關雪，揮手去，
揮手自茲去，自茲去，去天涯，天涯的盡頭
茱莉葉在陽台昏迷，錯就錯在
不該吹奏歲月的序曲，自此註定
生生世世，世世代代，歲歲年年
一切超乎光陰的名詞，迴旋柔波的黑夜
染藍的天空，慌腔走板的組曲，兀自
滾落升起的微弱光芒
曾經深植在心中某處
然後，蔓延成一道游離的幽影
不願再拾起迴避的眼神
只讓你看見微笑的夜幕

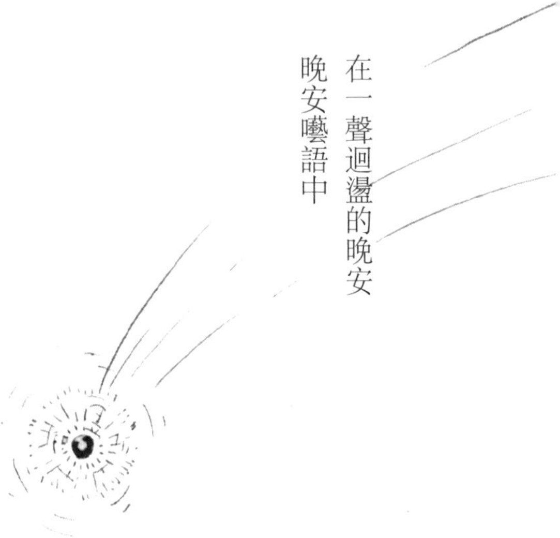

在一聲迴盪的晚安
晚安囈語中

如果

迴璇中的迴璇中，迴璇
也只是一瞬的起
落，然後在無垠的擁擠中
空白。

風化

就這樣經過了多少歲月
世間的情情愛愛
還在風中傳說
陽台上的喜劇
陽台下的悲劇
喜劇成了悲劇 悲劇成了喜劇
茶餘飯後提供人們考據
幸福的風化痕跡

鍊心

將心事磨成一頃汁液
醮進
字裡行間

杯子

岩漿似的窯燒成我的肉身
在久遠久遠的世代
輾轉在富貴仕紳掌中
承載著陣陣清香的甘液
有人說，因為我的存在
讓茶香更醇厚
那是碰撞缺口前
不可追憶的年代
後來呢？不再完美的
杯子戰亂時只能流離
在平和時代只有輾轉
我只是人們喝水，或者
流浪者手中的乞食用具

身為器具仍是我的驕傲

現今靜靜的站著
展示著我的歷史與痕跡
因為我的缺口，世人嘖嘖
稱讚著歲月，隔著一層玻璃
人來人往，我只是呆滯的存在
從此，歲月與我無關

我懷念的

在山中傾聽夏日的浪潮
濃郁的青草是
微醺的嵐
如果記憶中的那陣輕霧
飄揚上岸
是我此刻披上的天涼

我不會寫詩

在城市的眼神中，嗅覺記憶
天橋上一滴擰乾的雨珠，踏著
滿城的聾。遠方的鼓聲只是一陣
陡然震落的羽毛，風在兩袖翻滾
砌一湖茶的苦澀，淺濁著瞬息的
影像，在時空與時空交界處。
我不會寫詩，寫給風，寫給雨，寫給
一場自我的捉迷藏遊戲。
暈眩著酡紅夕陽，生之璀璨
將在黑夜來襲時，奪去我的靈魂
然而，我還是不會寫詩。

我們都是一隻魚，在生活裡飄流、溺水。

在自己僅存的空間裡，尋求慰藉。

國家圖書館出版品預行編目 (CIP) 資料

飄流 / 紀婉清著 . -- 初版 . -- 臺北市 : 風格司藝術創作坊 , 2015.05
面；　公分
ISBN 978-986-91620-8-1(平裝)

851.486　　　　　　　　　　104006462

作　　者 / 紀婉清
責任編輯 / 劉玫羚
出　　版 / 風格司藝術創作坊
106 台北市大安區安居街 118 巷 17 號
Tel/02-8732-0530　Fax/02-8732-0531
總 經 銷 / 紅螞蟻圖書有限公司
Tel/02-2795-3656　Fax/02-2795-4100
地址：台北市內湖區舊宗路二段 121 巷 19 號
http://www.e-redant.com
出版日期：2015 年 05 月　第一版第一刷
訂　　價：150 元

ISBN978-986-91620-8-1　　　　Printed inTaiwan